Du musst das Leben nicht verstehen

Du musst das Leben nicht verstehen,
dann wird es werden wie ein Fest.
Und lass dir jeden Tag geschehen
so wie ein Kind im Weitergehen
von jedem Wehen
sich viele Blüten schenken lässt.

Sie aufzusammeln und zu sparen,
das kommt dem Kind nicht in den Sinn.
Es löst sie leise aus den Haaren,
drin sie so gern gefangen waren,
und hält den lieben jungen Jahren
nach neuen seine Hände hin.

Blumen blühen, wo du bist

Ein poetischer Blumengruß

von Rainer Maria Rilke

benno

Bibliografische Information der Deutschen Nationalbibliothek
Die Deutsche Nationalbibliothek verzeichnet diese Publikation
in der Deutschen Nationalbibliografie;
detaillierte bibliografische Daten sind im Internet über
http://dnb.d-nb.de abrufbar.

Besuchen Sie uns im Internet unter:
www.st-benno.de

Gern informieren wir Sie unverbindlich und aktuell
auch in unserem Newsletter zum Verlagsprogramm,
zu Neuerscheinungen und Aktionen.
Einfach anmelden unter www.st-benno.de

ISBN 978-3-7462-5564-4

Zusammenstellung: Volker Bauch, Gößnitz
Umschlaggestaltung: Ulrike Vetter, Leipzig
Covermotiv: © noicherrybeans/Shutterstock
Gesamtherstellung: Kontext, Dresden (A)

Inhaltsverzeichnis

Ein herzlicher Geburtstags-strauß

Dich aber will ich nun,
dich, die ich kannte wie eine Blume,
von der ich den Namen nicht weiß.

Tagelied

Jetzt kommen wieder die Pläne,
die ins Weite gehn.
Draußen rufen die Hähne:
die Ferne will entstehn

nach aller dieser Nähe,
die uns zusammenschloss.
Wach auf, damit ich sähe,
was ich so sehr genoss.

Mir geht es noch im Blute,
noch duftet das ganze Haus.
Zu was für Worten ruhte
mein Mund auf deinem aus,
auf deinem guten Munde,
auf deiner beruhigten Brust:

Stunde ging um Stunde,
wir haben es nicht gewusst.
Nun kommen die Geräusche.
Schon rührte sich eine Tür.
Dass es dich nicht enttäusche,
wache mit mir, verspür,
wie es schon weht vom Tage:
da muss ich nun hinaus -

Wache zu mir und sage:
Seh ich traurig aus?
Das dauert nur eine Weile,
mach dir das Herz nicht schwer.
Die Nacht ist, dass man sie teile,
der Tag, dass man ihn vermehr.

Das sind die Gärten, an die ich glaube

Das sind die Gärten, an die ich glaube:
Wenn das Blühn in den Beeten bleicht,
und im Kies unterm löschenden Laube
Schweigen hinrinnt, durch Linden geseigt.

Auf dem Teich aus den glänzenden Ringen
schwimmt ein Schwan dann von Rand zu Rand.
Und er wird auf den schimmernden Schwingen
als Erster Milde des Mondes bringen
an den nicht mehr deutlichen Strand.

Sonett

VII

Blumen, ihr schließlich den ordnenden Händen
    verwandte,
(Händen der Mädchen von einst und jetzt),
die auf dem Gartentisch oft von Kante zu Kante
lagen, ermattet und sanft verletzt,

wartend des Wassers, das sie noch einmal erhole
aus dem begonnenen Tod –, und nun
wieder erhobene zwischen die strömenden Pole
fühlender Finger, die wohlzutun

mehr noch vermögen, als ihr ahntet, ihr leichten,
wenn ihr euch wiederfandet im Krug,
langsam erkühlend und Warmes der Mädchen,
    wie Beichten,

von euch gebend, wie trübe ermüdende Sünden,
die das Gepflücktsein beging, als Bezug
wieder zu ihnen, die sich euch blühend verbünden.

Sonett

XXV

Dich aber will ich nun, dich, die ich kannte
wie eine Blume, von der ich den Namen nicht
    weiß,
noch einmal erinnern und ihnen zeigen,
    Entwandte,
schöne Gespielin des unüberwindlichen Schreis.

Tänzerin erst, die plötzlich, den Körper voll
    Zögern,
anhielt, als göss man ihr Jungsein in Erz;
trauernd und lauschend –. Da, von den hohen
    Vermögern
fiel ihr Musik in das veränderte Herz.

Nah war die Krankheit. Schon von den Schatten
bemächtigt,
drängte verdunkelt das Blut, doch, wie flüchtig
verdächtigt,
trieb es in seinen natürlichen Frühling hervor.

Wieder und wieder, von Dunkel und Sturz
unterbrochen,
glänzte es irdisch. Bis es nach schrecklichem
Pochen
trat in das trostlos offene Tor.

Östliches Taglied

Man müsste so sich ineinanderlegen
wie Blütenblätter um die Staubgefäße:
so sehr ist überall das Ungemäße
und häuft sich an und stürzt sich uns entgegen.

Doch während wir uns aneinanderdrücken,
um nicht zu sehen, wie es ringsum naht,
kann es aus dir, kann es aus mir sich zücken:
denn unsre Seelen leben von Verrat.

Für Frau Johanna von Kunesch

Die Jahre gehn ... Und doch ist's wie im Zug:
Wir gehn vor allem und die Jahre bleiben
wie Landschaft hinter dieser Reise Scheiben,
die Sonne klärte oder Frost beschlug.

Wie sich Geschehenes im Raum verfügt;
eines ward Wiese, eins ward Baum, eins ging
den Himmel bilden helfen ... Schmetterling
und Blume sind vorhanden, keines lügt;

Verwandlung ist nicht Lüge ...

Dein Garten wollt ich sein zuerst

Dein Garten wollt ich sein zuerst
und Ranken haben und Rabatten
und deine Schönheit überschatten,
damit du mit dem muttermatten
Lächeln gern mir wiederkehrst.

Da aber – als du kamst und gingst,
ist etwas mit dir eingetreten:
das ruft mich zu den roten Beeten,
wenn du mir aus den weißen winkst.

Irgendwo blüht …

Irgendwo blüht die Blume des Abschieds und streut
immerfort Blütenstaub, den wir atmen, herüber;
auch noch im kommendsten Wind atmen wir Abschied.

Sonett

XIV

Siehe die Blumen, diese dem Irdischen treuen,
denen wir Schicksal vom Rande des Schicksals leihn, –
aber wer weiß es! Wenn sie ihr Welken bereuen,
ist es an uns, ihre Reue zu sein.

Alles will schweben. Da gehn wir umher wie
  Beschwerer;
legen auf alles uns selbst, vom Gewichte entzückt;
o was sind wir den Dingen für zehrende Lehrer,
weil ihnen ewige Kindheit glückt.

Nähme sie einer ins innige Schlafen und schliefe
tief mit den Dingen –: o wie käme er leicht,
anders zum anderen Tag, aus der gemeinsamen Tiefe.

Oder er bliebe vielleicht; und sie blühten und priesen
ihn, den Bekehrten, der nun den Ihrigen gleicht,
allen den stillen Geschwistern im Winde der Wiesen.

Sonett

XXII

Wir sind die Treibenden.
Aber den Schritt der Zeit,
nehmt ihn als Kleinigkeit
im immer Bleibenden.

Alles das Eilende
wird schon vorüber sein;
denn das Verweilende
erst weiht uns ein.

Knaben, o werft den Mut
nicht in die Schnelligkeit,
nicht in den Flugversuch.

Alles ist ausgeruht:
Dunkel und Helligkeit,
Blume und Buch.

Die Sprache der Blumen

Und glaubst du gleich den Worten nicht,
die ich dir hoffend schrieb –
die Sprache, die die Blume spricht,
verstehst du doch, mein Lieb.

Wenn dein Fuß dort fürder schreitet,
wo die Fluren üppig stehn –
glaub mir, jede Blume deutet
viel dir – kannst du sie verstehn.

Wenn ein Hauch von zarten Winden
leise lispelt durch die Flur –
horche, was sie dir verkünden
all die Kinder der Natur: –

Und die Blümlein alle sagen
dir so viel, vernimmst es du!
Lispeln in des Unglücks Tagen
süße Tröstung leis dir zu.

Glücklich jeder, dem sie's künden,
geht er hin durchs weite Feld –
er allein wird stets empfinden
wahre Lust an dieser Welt.

Er traut auf die eigne Stärke,
auf die eigne Kraft wohl gern;
denn er sieht in jedem Werke
die allmächtge Hand des Herrn!

Der Blumen Jahresreise

Ich will nicht langen nach dem lauten Leben
und keinen fragen nach dem fremden Tage:
Ich fühle, wie ich weiße Blüten trage,
die in der Kühle ihre Kelche heben.

Frühling

Nicht so sehr der neue Schimmer tats,
dass wir meinen, Frühling mitzuwissen,
als ein Spiel von sanften Schattenrissen
auf der Klärung eines Gartenpfads.

Schatten eignet uns den Garten an.
Blätterschatten lindert unsern Schrecken,
wenn wir in der Wandlung, die begann,
uns schon vorverwandelter entdecken.

Vorfrühling

Härte schwand. Auf einmal legt sich Schonung
an der Wiesen aufgedecktes Grau.
Kleine Wasser ändern die Betonung.
Zärtlichkeiten, ungenau,

greifen nach der Erde aus dem Raum.
Wege gehen weit ins Land und zeigens.
Unvermutet siehst du seines Steigens
Ausdruck in dem leeren Baum.

Die Kinder

Das war ein Mann inmitten einer Kinderschar.
Schlicht um die Schultern lag ihm der Talar,
und heimathell war ihm das Heilandshaar.
Und wie um einen frühen Frühlingstag
sich, jäherwacht, die Blüten staunend scharen,
so kamen Kinder zu dem Wunderbaren,
den keiner von den Alten nennen mag.
Die Kinder aber kennen ihn schon lang
und drängen in das offene Tor der Arme –
ein blasses betet: Du bist das „Erbarme",
nach dem die Mutter ihre Hände rang.
Und leise flüstert ihm das wangenwarme:
„Nichtwahr, du wohnst im Sonnenuntergang,
dort wo die Berge groß und golden sind.
Dir winkt der Wipfel und dir singt der Wind,
und guten Kindern kommst du in die Träume."
Da neigen alle sich wie Birkenbäume.
Es neigen sich die Blonden und die Braunen
vor seinem Lächeln, und die Alten staunen.
Und Kinder flüchten sich von allen Seiten
in seinen Segen heim wie in ein Haus,
und lauschen alle. Seine Worte breiten
weit über sie die weißen Flügel aus:

„Hat einmal eins von euch schon nachgedacht,
wie eilig euch die leisen Stunden führen
an jedem Tag und in jeder Nacht
durch Tausend Tore und durch Tausend Türen.
Noch gehn die Angeln alle leicht und leise
und alle Pforten fallen scheu ins Schloss;
noch bin ich Warner euch und Weggenoss,
doch weit aus meinen Reichen reift die Reise.
Ihr wollt ins Leben, und das bin ich nicht,
ihr müsst ins Dunkel, und ich bin das Licht,
ihr hofft die Freude, ich bin der Verzicht,
ihr sehnt das Glück und – ich bin das Gericht."
Er schwieg. Von Ferne horchten auch die Großen.
Dann seufzte er: „Ihr müsst mich nicht verstoßen,
wenn wir zusammen an den Marken stehn.
Mich mitzunehmen seid ihr dann zu jung;
doch schaut ihr mal zurück von euren Fahrten
vielleicht in einen armen Blumengarten,
vielleicht ins Mutterlächeln einer zarten
versehnten Frau, vielleicht in ein Erwarten:
Ich bin die Kindheit, die Erinnerung.
Gebt mir die Hand, schenkt mir (im) Weitergehn
noch einen Blick, der schon ins Leben tauchte,
aus dem der neue und noch nie gebrauchte
Gott seine Hände euch entgegenhält.
Ihr dürft hinaus. Es wartet eine Welt."

Ich will ein Garten sein

Ich will ein Garten sein, an dessen Bronnen
die vielen Träume neue Blumen brächen,
die einen abgesondert und versonnen,
und die geeint in schweigsamen Gesprächen.

Und wo sie schreiten, über ihren Häupten
will ich mit Worten wie mit Wipfeln rauschen,
und wo sie ruhen, will ich den Betäubten
mit meinem Schweigen in den Schlummer lauschen.

Wie eine Riesenwunderblume prangt

Wie eine Riesenwunderblume prangt
voll Duft die Welt, an deren Blütenspelze,
ein Schmetterling mit blauem Schwingenschmelze,
die Mainacht hangt.

Nichts regt sich; nur der Silberfühler blinkt …
dann trägt sein Flügel ihn, sein früh verblasster,
nach Morgen, wo aus feuerroter Aster
er Sterben trinkt …

Erste Rosen erwachen

Erste Rosen erwachen,
und ihr Duften ist zag
wie ein leisleises Lachen;
flüchtig mit schwalbenflachen
Flügeln streift es den Tag;

und wohin du langst,
da ist alles noch Angst.

Jeder Schimmer ist scheu,
und kein Klang ist noch zahm,
und die Nacht ist zu neu,
und die Schönheit ist Scham.

Ich will nicht langen

Ich will nicht langen nach dem lauten Leben
und keinen fragen nach dem fremden Tage:
Ich fühle, wie ich weiße Blüten trage,
die in der Kühle ihre Kelche heben.

Es drängen Viele aus den Frühlingserden,
darinnen ihre Wurzeln Tiefen trinken,
um nicht mehr könnend in die Knie zu sinken
vor Sommern, die sie niemals segnen werden.

Des Sommers Blumen

Denn was hier sich begibt ist, weiß Gott, seit drei, vier Tagen kein Frühling mehr, ist dichter, junger Sommer. Die Hyazinthen in meinem kleinen Beet, die lange gezögert haben, reißen ihre Blütenaugen auf wie einer, den ein Wecker aufhämmert, und stehen schon ganz lang und aufrecht da. Die Ulmen und Eichen bei meinem Hause sind voll, der Judasbaum blüht ab und alle seine Blätter sind über Nacht fertig; und ein Syringenbaum, der vor drei Tagen erst seine Trauben ausstreckte, ist schon im Welken und Verbrennen. Die Nächte sind kaum mehr kühl und der geschäftige Lärm der Frösche ist ihre Stimme. Die Eulen rufen seltener und die Nachtigall hat noch immer nicht begonnen. Ob sie nun noch singen wird, da es Sommer ist?

Sommer in Rom. Das ist eine neue Not. Ich glaubte ihn noch fern und sehnte mich danach, jetzt, wenn meine Mutter wieder abgereist sein wird, noch ein bis zwei nicht zu drückende Arbeitsmonate zu haben. Und ich hoffe noch immer, dass das möglich ist, dass es doch noch wieder Frühling wird nach ein paar Probe-Sommertagen.

… und vor sich, den Sommer.

Nicht nur die Morgen alle des Sommers –, nicht nur
wie sie sich wandeln in Tag und strahlen vor Anfang.
Nicht nur die Tage, die zart sind um Blumen, und
oben,
um die gestalteten Bäume, stark und gewaltig.
Nicht nur die Andacht dieser entfalteten Kräfte,
nicht nur die Wege, nicht nur die Wiesen im Abend,
nicht nur, nach spätem Gewitter, das atmende
Klarsein,
nicht nur der nahende Schlaf und ein Ahnen,
abends …
sondern die Nächte! Sondern die hohen, des
Sommers,
Nächte, sondern die Sterne, die Sterne der Erde.
O einst tot sein und sie wissen unendlich,
alle die Sterne: denn wie, wie, wie sie vergessen!
…

Vom Herbstwind

Heute geht ein großer Herbstwind im Park umher; die Wege sind erfüllt von ihm und von dem, was er treibt und trägt, aber in dem Garten voll Astern und Rosen, dem Gärtner-Garten, war es noch warm, Wärme von vielen Sommertagen, und es war noch Aufsteigendes in den Blumenstängeln und in den Stämmen und Ästen der Apfelbäume zwischen denen wir umhergingen, bis wir schließlich unvermittelt jeder das Seine zu wissen glaubten.

Ende des Herbstes

Ich sehe seit einer Zeit,
wie alles sich verwandelt.
Etwas steht auf und handelt
und tötet und tut Leid.

Von Mal zu Mal sind all
die Gärten nicht dieselben;
von den gilbenden zu der gelben
langsamem Verfall:
wie war der Weg mir weit.

Jetzt bin ich bei den leeren
und schaue durch alle Alleen.
Fast bis zu den fernen Meeren
kann ich den ernsten schweren
verwehrenden Himmel sehn.

Es ist Zeit, der Sommer war groß

Herr: es ist Zeit. Der Sommer war sehr groß.
Leg deinen Schatten auf die Sonnenuhren,
und auf den Fluren lass die Winde los.

Befiehl den letzten Früchten voll zu sein;
gib ihnen noch zwei südlichere Tage,
dränge sie zur Vollendung hin und jage
die letzte Süße in den schweren Wein.

Wer jetzt kein Haus hat, baut sich keines mehr.
Wer jetzt allein ist, wird es lange bleiben,
wird wachen, lesen, lange Briefe schreiben
und wird in den Alleen hin und her
unruhig wandern, wenn die Blätter treiben.

Noch ahnst du nichts ...

Noch ahnst du nichts vom Herbst des Haines,
drin lichte Mädchen lachend gehn;
nur manchmal küsst wie fernes, feines
Erinnern dich der Duft des Weines, –
sie lauschen, und es singt wohl eines
ein wehes Lied vom Wiedersehn.

In leiser Luft die Ranken schwanken,
wie wenn wer Abschied winkt. – Am Pfad
stehn alle Rosen in Gedanken;
sie sehen ihren Sommer kranken,
und seine hellen Hände sanken
leise von seiner reifen Tat.

Aus einer Sturmnacht

Die Nacht, vom wachsenden Sturme bewegt,
wie wird sie auf einmal weit –,
als bliebe sie sonst zusammengelegt
in die kleinlichen Falten der Zeit.
Wo die Sterne ihr wehren, dort endet sie nicht
und beginnt nicht mitten im Wald
und nicht an meinem Angesicht
und nicht mit deiner Gestalt.
Die Lampen stammeln und wissen nicht:
lügen wir Licht?
Ist die Nacht die einzige Wirklichkeit
seit Jahrtausenden ...

Herbst

Die Blätter fallen, fallen wie von weit,
als welkten in den Himmeln ferne Gärten;
sie fallen mit verneinender Gebärde.

Und in den Nächten fällt die schwere Erde
aus allen Sternen in die Einsamkeit.

Wir alle fallen. Diese Hand da fällt.
Und sieh dir andre an: es ist in allen.

Und doch ist Einer, welcher dieses Fallen
unendlich sanft in seinen Händen hält.

Winterliche Stanzen

Nun sollen wir versagte Tage lange
ertragen in des Widerstandes Rinde;
uns immer wehrend, nimmer an der Wange
das Tiefe fühlend aufgetaner Winde.
Die Nacht ist stark, doch von so fernem Gange,
die schwache Lampe überredet linde.
Lass dichs getrösten: Frost und Harsch bereiten
die Spannung künftiger Empfänglichkeiten.

Hast du denn ganz die Rosen ausempfunden
vergangnen Sommers? Fühle, überlege:
das Ausgeruhte reiner Morgenstunden,
den leichten Gang in spinnverwebte Wege?
Stürz in dich nieder, rüttele, errege
die liebe Lust: sie ist in dich verschwunden.
Und wenn du eins gewahrst, das dir entgangen,
sei froh, es ganz von vorne anzufangen.

Vielleicht ein Glanz von Tauben, welche kreisten,
ein Vogelanklang, halb wie ein Verdacht,
ein Blumenblick (man übersieht die meisten),
ein duftendes Vermuten vor der Nacht.
Natur ist göttlich voll; wer kann sie leisten,
wenn ihn ein Gott nicht so natürlich macht?
Denn wer sie innen, wie sie drängt, empfände,
verhielte sich, erfüllt in seine Hände.

Verhielte sich wie Übermaß und Menge
und hoffte nicht, noch Neues zu empfangen,
verhielte sich wie Übermaß und Menge
und meinte nicht, es sei ihm was entgangen,
verhielte sich wie Übermaß und Menge
mit maßlos übertroffenem Verlangen
und staunte nur noch, dass er dies ertrüge:
die schwankende, gewaltige Genüge.

Herbst-Abend

Wind aus dem Mond,
plötzlich ergriffene Bäume
und ein tastend fallendes Blatt.
Durch die Zwischenräume
der schwachen Laternen
drängt die schwarze Landschaft der Fernen
in die unentschlossene Stadt.

Von den kleinen Dingen

Die meisten Menschen wissen gar nicht, wie schön die Welt ist und wie viel Pracht in den kleinsten Dingen, in irgendeiner Blume, einem Stein, einer Baumrinde oder einem Birkenblatt sich offenbart.
Die erwachsenen Menschen, die Geschäfte und Sorgen haben und sich mit lauter Kleinigkeiten quälen, verlieren allmählich ganz den Blick für diese Reichtümer, welche die Kinder, wenn sie aufmerksam und gut sind, bald bemerken und mit dem ganzen Herzen lieben.
Und doch wäre es das Schönste, wenn alle Menschen in dieser Beziehung immer wie aufmerksame und gute Kinder bleiben wollten, einfältig und fromm im Gefühl, und wenn sie die Fähigkeit nicht verlieren würden, sich an einem Birkenblatt oder an der Feder eines Pfauen oder an der Schwinge einer Nebelkrähe so innig zu freuen wie an einem großen Gebirge oder einem prächtigen Palast. Das Kleine ist ebenso wenig klein als das Große groß ist. Es geht eine große und ewige Schönheit durch die ganze Welt, und diese ist gerecht über den kleinen und großen Dingen verstreut.

Die Sprache der Blumen

Und glaubst du gleich den Worten nicht,
die ich dir hoffend schrieb –
die Sprache, die die Blume spricht,
verstehst du doch, mein Lieb.

Die kleine Anemone

Ich bin wie die kleine Anemone, die ich einmal in Rom im Garten gesehen habe, sie war tagsüber so weit aufgegangen, dass sie sich zur Nacht nicht mehr schließen konnte. Es war furchtbar, sie zu sehen in der dunkeln Wiese, weit offen, immer noch aufnehmend in den wie rasend aufgerissenen Kelch, mit der viel zu vielen Nacht über sich, die nicht alle wurde. Und daneben alle die klugen Schwestern, jede zugegangen um ihr kleines Maß Überfluss. Ich bin auch so heillos nach außen gekehrt, darum auch zerstreut von allem, nichts ablehnend, meine Sinne gehn, ohne mich zu fragen, zu allem Störenden über, ist da ein Geräusch, so geb ich mich auf und bin dieses Geräusch, und da alles einmal auf Reiz Eingestellte auch gereizt sein will, so will ich im Grunde gestört sein und bins ohne Ende. Vor dieser Öffentlichkeit hat sich irgendein Leben in mir gerettet, hat sich an eine innerste Stelle zurückgezogen und lebt dort, wie die Leute während einer Belagerung leben, in Entbehrnis und Sorge. Macht sich, wenn es bessere Zeiten gekommen glaubt, bemerklich durch die Bruchstücke der Elegien, durch eine Anfangszeile, muss wieder zurück, denn draußen ist immer die gleiche Preisgegebenheit. Und dazwischen, zwischen dieser ununterbrochenen Hinaussüchtigkeit und jenem mir selbst kaum mehr erreichbaren inneren Dasein, sind die eigentlichen Wohnungen des gesunden Gefühls, leer, verlassen, ausgeräumt, eine unwirtliche Mittelzone, deren Neutralität auch erklärlich macht, warum alles Wohltun von Menschen und Natur an mich vergeudet bleibt.

Sie sind Ihres zögernden und nördlicheren Frühlings nun nicht ganz froh; ich kann es so gut verstehen; die großen und glänzenden Erinnerungen sind stärker als der Frühling um Sie, und doch, ich glaube, es wird ein Augenblick kommen, da Sie, erstaunten und gestärkten Auges, in ihm, in seiner unentschlossenen und ein wenig linkischen Haltung, ganz auf seinem Grund dasselbe entdecken werden, was Ihnen jene, nun fernen, Wunder so kostbar und groß und unvergesslich macht. Denn das Äußerste und Tiefste, aus dem die großen Dinge der Kunst gemacht sind, ist in jeder Natur, es wächst mit allen Feldern, alle Lerchen wissen davon, und nichts anderes als das bringt die Bäume zum Blühen. Aber es ist verborgen (während es in den Kunst-Dingen hochgehalten wird in atemlose Stille – wie eine Monstranz –), es ist zerstreut und fast verloren (während die Kunst-Dinge es enthalten; aufgesammelt, wiedergefunden, für immer bewahrt), und es ist der schwere, der mühsame, der durch Hundert Umstände verstellte Weg unserer Entwicklung, das Große, das seelisch Notwendige, das Unendliche schließlich auch dort zu erkennen, wo es nicht mit einem Blicke zu erfassen, wo es überhaupt kaum zu nehmen ist, außer in Aschenbrödelarbeit; das Leben ist streng und stiefmütterlich wie die böse Königin des Märchens; aber es fehlen ihm zugleich die lieben fleißigen Kräfte nicht, die dem, der geduldig und gut ist, schließlich die Arbeit tun, die für ihn zu schwer wäre.

Hier haben die Kastanien geblüht in unbeschreiblicher Herrlichkeit, wie Berge mit Hundert blühenden Türmen dastehend in der Abendluft; in den Gärten ist ein Duft von Akazien, und Levkojen und Akelei und all das altmodisch liebe Geblüh steht in den Beeten. Und Paris bewältigt auch diesen reiferen Frühling noch und nimmt ihn in sich mit der selbstverständlichen Gebärde Eines, der sicher ist, dass es nichts gibt, was ihm nicht gehörte. Im merkwürdig tiefen Schatten der Squares und auf den Boulevards, im grauen vibrierenden Licht, breiten sich ungeheure Blumenbestände aus, geräumiger als je, mit weinroten Knospen runder schwerer, noch geschlossener Pfingstrosen, mit rosa-blonden Pfingstrosen, die schon ein wenig aufgehen und, wie von Guardi gemalt, in den Reflexen schimmern, die die Luft den Dingen in Venedig gibt, und weiße Pfingstrosen, die wie die lichten Konfirmandinnen aussehen, denen man nahe bei Saint-Sulpice begegnet (so eingehüllt in ihre immerweißen Blätterkreise). Und Nelken, weiß und rosa, wie aus Watteau'schen Bildern und die beginnenden Rosen ...

Blumenmuskel

Blumenmuskel, der der Anemone
Wiesenmorgen nach und nach erschließt,
bis in ihren Schoß das polyphone
Licht der lauten Himmel sich ergießt,

in den stillen Blütenstern gespannter
Muskel des unendlichen Empfangs,
manchmal so von Fülle übermannter,
dass der Ruhewink des Untergangs

kaum vermag, die weitzurückgeschnellten
Blätterränder dir zurückzugeben:
Du, Entschluss und Kraft von wie viel Welten!

Wir, Gewaltsamen, wir währen länger.
Aber wann, in welchem aller Leben,
sind wir endlich offen und Empfänger?

Apfelblüte

Wenn auch Wogen wild sich stauen,
vorwärts wende deinen Blick.
Dorten in der nebelgrauen
fernen Zukunft liegt dein Glück.

Amaryllis

Mögen mich auch alle hassen,
leis wend ich mein Haupt zu dir.
Sieh, ich fühl mich so verlassen,
komm, Geliebte, komm zu mir.

Aster (Aster chinensis)

Scheint die Sonne kalt und trüber –
in die Zukunft wend den Blick.
Sieh! der Winter geht vorüber
und der Frühling kehrt zurück!

Astern

Fürchte dich nicht, sind die Astern auch alt,
streut der Sturm auch den welkenden Wald
in den Gleichmut des Sees, –
die Schönheit wächst aus der engen Gestalt;
sie wurde reif, und mit milder Gewalt
zerbricht sie das alte Gefäß.

Sie kommt aus den Bäumen
in mich und in dich,
nicht um zu ruhn;
der Sommer ward ihr zu feierlich.
Aus vollen Früchten flüchtet sie sich
und steigt aus betäubenden Träumen
arm ins tägliche Tun.

Jetzt reifen schon die roten Berberitzen

Jetzt reifen schon die roten Berberitzen,
alternde Astern atmen schwach im Beet.
Wer jetzt nicht reich ist, da der Sommer geht,
wird immer warten und sich nie besitzen.

Wer jetzt nicht seine Augen schließen kann,
gewiss, dass eine Fülle von Gesichten
in ihm nur wartet bis die Nacht begann,
um sich in seinem Dunkel aufzurichten: –
der ist vergangen wie ein alter Mann.

Dem kommt nichts mehr, dem stößt kein Tag mehr zu,
und alles lügt ihn an, was ihm geschieht;
auch du, mein Gott. Und wie ein Stein bist du,
welcher ihn täglich in die Tiefe zieht.

Brennende Liebe

Nur drei Worte sind vonnöten,
bergen Seligkeit in sich –
sieh mich zittern, mich erröten
und vernimm: Ich liebe dich! –

Camelie

Nie sprachst du ein Wort von Milde,
das so wohl dem Ohre schallt.
Scheinst gleich einem Marmorbilde
stolz und schön, doch rau und – kalt.

Chrysanthemen

Das war der Tag der weißen Chrysanthemen, –
mir bangte fast vor seiner schweren Pracht …
Und dann, dann kamst du mir die Seele nehmen
tief in der Nacht.

Mir war so bang, und du kamst lieb und leise, –
ich hatte grad im Traum an dich gedacht.
Du kamst, und leis wie eine Märchenweise
erklang die Nacht …

Christusauge

Nicht die Schönheit, nicht die Jugend
frommen wohl am meisten dir.
Nur Bescheidenheit und Tugend
sind des Weibes höchste Zier.

Jar. Vrchlický

Ich lehn im Armstuhl, im bequemen,
wo oft ich Ungemach vergaß,
müd nicken krause Chrysanthemen
im hohen Venezianerglas.

Ich las in einem Band Gedichte
gar lange; wie die Zeit entschwand!
Jetzt erst im Abenddämmerlichte
leg ich sie selig aus der Hand.

Mir ist, von göttlichen Problemen
hätt ich die Lösung jetzt erlauscht, –
hat mich der Hauch der Chrysanthemen,
hat mich Vrchlickýs Buch berauscht?

Efeu

Aufwärts streb ich zu der Höhe,
auf – zu deinem Fenster sacht ...
Lang schon such ich deine Nähe,
die mich, ach! so glücklich macht.

XXII

Es ist lang, – es ist lang ...
wann – weiß ich gar nimmer zu sagen ...
eine Glocke klang, eine Lerche sang –
und ein Herz hat so selig geschlagen.

Der Himmel so blank überm Jungwaldhang,
der Flieder hat Blüten getragen, –
und im Sonntagskleide ein Mädchen, schlank,
das Auge voll staunender Fragen ...
Es ist lang, – es ist lang ...

Frauenschuh (Cypripedium)

Überlege, überlege
jeden Umstand vor der Tat
und erwäge, Freund, erwäge
sogleich jeden guten Rat.

Georgine

Lohn wird dir zu allen Zeiten
ohne Müh und Arbeit nie.
Liebe musst du auch erstreiten;
denn nur dann verdienst du sie.

Heckenrose

Täusche, Falscher, nicht mein Hoffen,
wie das Herz, mit dem du spielst!
O! so sag mir frei und offen,
was du denkst und was du fühlst.

Holunder (Syringa vulgaris)

Unheil droht dir unabwendig:
Rose glänzt zwar, doch sie sticht.
Ich nur bleibe stets beständig,
glaube mir, verkenn mich nicht.

Blaue Hortensie

So wie das letzte Grün in Farbentiegeln
sind diese Blätter, trocken, stumpf und rau,
hinter den Blütendolden, die ein Blau
nicht auf sich tragen, nur von ferne spiegeln.

Sie spiegeln es verweint und ungenau,
als wollten sie es wiederum verlieren,
und wie in alten blauen Briefpapieren
ist Gelb in ihnen, Violett und Grau.

Verwaschnes wie an einer Kinderschürze,
Nichtmehrgetragnes, dem nichts mehr geschieht:
wie fühlt man eines kleinen Lebens Kürze.

Doch plötzlich scheint das Blau sich zu verneuern
in einer von den Dolden, und man sieht
ein rührend Blaues sich vor Grünem freuen.

Rosa Hortensie

Wer nahm das Rosa an? Wer wusste auch,
dass es sich sammelte in diesen Dolden?
Wie Dinge unter Gold, die sich entgolden,
entröten sie sich sanft, wie im Gebrauch.

Dass sie für solches Rosa nichts verlangen.
Bleibt es für sie und lächelt aus der Luft?
Sind Engel da, es zärtlich zu empfangen,
wenn es vergeht, großmütig wie ein Duft?

Oder vielleicht auch geben sie es preis,
damit es nie erführe vom Verblühn.
Doch unter diesem Rosa hat ein Grün
gehorcht, das jetzt verwelkt und alles weiß.

Hyazinthe

Tief im Herzen zieht ein Weben
ach, so hold, so selig ein:
Dir gehört mein ganzes Leben,
dir gehört mein ganzes Sein.

Immergrün

Hat auch mancher Blitz getroffen, –
alle Blitze töten nicht.
Immer gibt ein neues Hoffen
neue frohe Zuversicht.

Ich geh dir nach

Ich geh dir nach, wie aus der dumpfen Zelle
ein Halbgeheilter schreitet: in der Helle
mit hellen Händen winkt ihm der Jasmin.
Ein Atemholen hebt ihn von der Schwelle, –
er tastet vorwärts: Welle schlägt um Welle
der großbewegte Frühling über ihn.

Ich geh dir nach in tiefem Dirvertrauen.
Ich weiß deine Gestalt durch diese Auen
vor meinen ausgestreckten Händen gehn.
Ich geh dir nach, wie aus des Fiebers Grauen
erschreckte Kinder gehn zu lichten Frauen,
die sie besänftigen und Furcht verstehn.

Ich geh dir nach. Wohin dein Herz mich führe,
frag ich nicht nach. Ich folge dir und spüre
wie alle Blumen deines Kleides Saum …
Ich geh dir nach auch durch die letzte Türe,
ich folge dir auch aus dem letzten Traum.

III

Einen Maitag mit dir beisammen sein,
und selbander verloren ziehn
durch der Blüten duftqualmende Flammenreihn
zu der Laube von weißem Jasmin.

Und von dorten hinaus in den Maiblust schaun,
jeder Wunsch in der Seele so still ...
Und ein Glück sich mitten in Mailust baun,
ein großes, – das ists, was ich will ...

Du bist das Kloster zu den Wundenmalen

Und um die Kirchen rings im Kreise,
von schmachtendem Jasmin umstellt,
sind Gräberstätten, welche leise
wie Steine reden von der Welt.
Von jener Welt, die nicht mehr ist,
obwohl sie an das Kloster brandet,
in eitel Tag und Tand gewandet
und gleichbereit zu Lust und List.

Klee

Wenig ist's – was ich verkünde,
dass ich Herzen innig band.
Jenes Band, mit dem ich binde,
Freundschaft wird's allhier genannt.

Levkoje

Tief hat mich dein Spott getroffen,
den ich bitter gar empfand –
– dennoch biet ich frei und offen
zur Versöhnung dir die Hand.

Wo sind die Lilien aus dem hohen Glas

Wo sind die Lilien aus dem hohen Glas,
die deine Hand zu pflegen nie vergaß?
Schon tot?
Wo ist die Freude deiner Wangen hin,
die wie ein ganzer Lenz zu prangen schien –
Verloht?
Und wo ist unser Glück so groß und rein,
das hell dein Haar wie ein Madonnenschein
umspann?
Auch das ist tot. Heut weinen wir ihm nach,
und morgen kommt der Frost uns ins Gemach –
und dann?

Das Lied von den Lilien

Stina Frisell zu eigen.

Jetzt weiß ich es, jetzt sah ich es von nah,
wie Lilien leben und dass sie nicht spinnen;
sooft man eintritt stehn sie dicht in Sinnen,
vielleicht in Träumen stehn sie da.

Der Dichter aber spinnt für sie.

Und doch ist Kraft in ihnen, und die Luft
um sie ist warm von ihrer Kraft; sie hängen
wie Glocken einer weißen Leidenschaft,
die niemals läuten, in dem Turm aus Duft.

Der Dichter aber klingt für sie.

Sind nicht ganz so die jungen Mädchen, welche
nichts nehmen können aus des Lebens Hand,
weil ihrer Herzen große weiße Kelche
von ihnen selber voll sind bis zum Rand –?

Der Dichter aber lebt für sie.

Schlaf-Mohn

Abseits im Garten blüht der böse Schlaf,
in welchem die, die heimlich eingedrungen,
die Liebe fanden junger Spiegelungen,
die willig waren, offen und konkav,

und Träume, die mit aufgeregten Masken
auftraten, riesiger durch die Kothurne –:
Das alles stockt in diesen oben flasken
weichlichen Stängeln, die die Samenurne

(nachdem sie lang, die Knospe abwärts tragend,
zu welken meinten) festverschlossen heben:
Gefranste Kelche auseinanderschlagend,
die fieberhaft das Mohngefäß umgeben.

Sonett

IX

Nur wer die Leier schon hob
auch unter Schatten,
darf das unendliche Lob
ahnend erstatten.
Nur wer mit Toten vom Mohn
aß, von dem ihren,
wird nicht den leisesten Ton
wieder verlieren.
Mag auch die Spieglung im Teich
oft uns verschwimmen:
Wisse das Bild.
Erst in dem Doppelbereich
werden die Stimmen
ewig und mild.

Wer einst das einsame Haus erbaut

Wer einst das einsame Haus erbaut,
ich konnte es nirgends erlauschen.
Auch die Wipfel wagen nicht, laut
um sein Ragen zu rauschen.

Im Parke: Tot ist jeder Ton –
und alle Farben sind entflohn,
nur rotrote Blüten baten ...
als müsste alten Mord der Mohn
immer wieder von Sohn zu Sohn
verraten.

Myrte

Was ich kaum zu denken wagte,
meiner Träume holdes Bild,
– eh der junge Morgen tagte,
hat mein Glück sich schon erfüllt!

Narzisse

Hast du herzlos auch getrieben
loses Spiel; mich oft betrübt, –
– dennoch muss ich stets dich lieben –
wie ich immer – dich geliebt.

Nemorilla

Leuchten droben dort die Sterne,
öffne ich mein Blütenkleid.
Ja, mein Freund, ich komme gerne,
nur bestimme du die Zeit.

Der Träumer

II

Träume scheinen mir wie Orchideen. –
So wie jene sind sie bunt und reich.
Aus dem Riesenstamm der Lebenssäfte
ziehn sie just wie jene ihre Kräfte,
brüsten sich mit dem ersaugten Blute,
freuen in der flüchtigen Minute,
in der nächsten sind sie tot und bleich. –
Und wenn Welten oben leise gehen,
fühlst du's dann nicht wie von Düften wehen?
Träume scheinen mir wie Orchideen.

Nur Einer ist …

Nur Einer ist, ein Wachender, ein Reifer,
ein großer Für-Sich-Redender im Stein;
unendlich hart und herrisch als Ergreifer
und so wie Osterglocken rein im Eifer
und selig schwingend im Ergriffensein.

Er dauerte in täglichem Verzichte
auf seine Zeit zu einem Alter hin;
ein großer Bart geht aus aus seinem Kinn
und fließt jetzt langsam hin in weißem Lichte
und ist der Strom der inneren Gesichte
und ganz erfüllt von seinem Anbeginn.

Pantoffelblume

Herrschsucht macht die Liebe schwinden,
und mit ihr enteilt das Glück,
nie wirst du sie wiederfinden,
ganz kehrt nie sie mehr zurück.

Passionsblume

Ziehn auch Wolken schwer und trübe,
nie verliere, Freund, den Mut,
traue, glaube, hoffe, liebe ...
alles wird einst wieder gut. –

Pelargonium

Trag ich doch an meinem Schmerze
wirklich schon genug und schwer;
lass mir Ruhe; – deine Scherze,
sie verwunden mich noch mehr.

Primel

Nimmer will ich höher streben,
denn ich lieb mein schlichtes Kleid.
Glaub, das höchste Glück im Leben
liegt in der Zufriedenheit.

Rittersporn (Delphinium)

Sagt dir nicht ein tief Verlangen,
siehst du mich im weiten Feld
stolz vor allen andren prangen:
Mutigen gehört die Welt!?

Der Ast vom Baume Gott

Der Ast vom Baume Gott, der über Italien reicht,
hat schon geblüht.
Er hätte vielleicht
sich schon gerne, mit Früchten gefüllt, verfrüht,
doch er wurde mitten im Blühen müd,
und er wird keine Früchte haben.

Nur der Frühling Gottes war dort,
nur sein Sohn, das Wort,
vollendete sich.
Es wendete sich
alle Kraft zu dem strahlenden Knaben.
Alle kamen mit Gaben
zu ihm;
alle sangen wie Cherubim
seinen Preis.

Und er duftete leis
als Rose der Rosen.
Er war ein Kreis
um die Heimatlosen.
Er ging in Mänteln und Metamorphosen
durch alle steigenden Stimmen der Zeit.

Les Roses

I

Si ta fraîcheur parfois nous étonne tant,
heureuse rose,
c'est qu'en toi-même, en dedans,
pétale contre pétale, tu te reposes.

Ensemble tout éveillé, dont le milieu
dort, pendant qu'innombrables, se touchent
les tendresses de ce cœur silencieux
qui aboutissent à l'extrême bouche.

Die Rosen

I

Wenn deine Frische uns sehr erstaunt,
glückliche Rose,
ist es in dir selbst, im Innersten,
Blütenblatt neben Blütenblatt,
dass du dich ausruhst.

Hellwaches Zusammenspiel,
dessen Mitte schläft,
während unzählige zarte Regungen
dieses stillen Herzens sich berühren
bis zur äußersten Grenze.

II

Je te vois, rose, livre entrebâillé,
qui contient tant de pages
de bonheur détaillé
qu'on ne lira jamais. Livre-mage,

qui s'ouvre au vent et qui peut être lu
les yeux fermés ...
dont les papillons sortent confus
d'avoir eu les mêmes idées.

II

Ich sehe dich, Rose, halb geöffnetes Buch,
es enthält so viele Seiten
des im Einzelnen dargelegten Glücks,
das man niemals lesen wird.
Zauberbuch,

das sich dem Wind öffnet
und gelesen werden kann,
die geschlossenen Augen ...
die Schmetterlinge fliegen verwirrt hinaus,
sie hatten dieselben lichten Gedanken.

III

Rose, toi, ô chose par excellence complète
qui se contient infiniment
et qui infiniment se répand, ô tête
d'un corps par trop de douceur absent,

rien ne te vaut, ô toi, suprême essence
de ce flottant séjour;
de cet espace d'amour où à peine l'on avance
ton parfum fait le tour.

III

Rose, du, o etwas Wunderbares,
das sich enthält, sich zerstreut,
unendlich, o Haupt,
dein Körper sich nicht spürt
durch zu viel Anmut.

Nichts so kostbar wie du,
o du höchstes Wesen
dieses schwebenden Ortes;
in dieser Aura der Liebe,
wo man sich kaum nähert,
kreist dein mystischer Duft.

Rose, du thronende

Rose, du thronende, denen im Altertume
warst du ein Kelch mit einfachem Rand.
Uns aber bist du die volle zahllose Blume,
der unerschöpfliche Gegenstand.

In deinem Reichtum scheinst du wie Kleidung um
Kleidung
um einen Leib aus nichts als Glanz;
aber dein einzelnes Blatt ist zugleich die Vermeidung
und die Verleugnung jedes Gewands.

Seit Jahrhunderten ruft uns dein Duft
seine süßesten Namen herüber;
plötzlich liegt er wie Ruhm in der Luft.

Dennoch, wir wissen ihn nicht zu nennen, wir raten …
Und Erinnerung geht zu ihm über,
die wir von rufbaren Stunden erbaten.

Nenn ich dich Aufgang oder Untergang

Nenn ich dich Aufgang oder Untergang?
Denn manchmal bin ich vor dem Morgen bang
und greife scheu nach seiner Rosen Röte –
und ahne eine Angst in seiner Flöte
vor Tagen, welche liedlos sind und lang.

Aber die Abende sind mild und mein,
von meinem Schauen sind sie still beschienen;
in meinem Armen schlafen Wälder ein,
und ich bin selbst das Klingen über ihnen,
und mit dem Dunkel in den Violinen
verwandt durch all mein Dunkelsein.

Das Rosen-Innere

Wo ist zu diesem Innen
ein Außen? Auf welches Weh
legt man solches Linnen?
Welche Himmel spiegeln sich drinnen
in dem Binnensee
dieser offenen Rosen,
dieser sorglosen, sieh:
wie sie lose im Losen
liegen, als könnte nie
eine zitternde Hand sie verschütten.
Sie können sich selber kaum
halten; viele ließen
sich überfüllen und fließen
über von Innenraum
in die Tage, die immer
voller und voller sich schließen,
bis der ganze Sommer ein Zimmer
wird, ein Zimmer in einem Traum.

Einmal möcht ich dich wiederschauen

Einmal möcht ich dich wiederschauen,
Park, mit den alten Lindenalleen,
und mit der leisesten aller Frauen
zu dem heiligen Weiher gehn.

Schimmernde Schwäne in prahlenden Posen
gleiten leise auf glänzendem Glatt,
aus der Tiefe tauchen die Rosen
wie Sagen einer versunkenen Stadt.

Und wir sind ganz allein im Garten,
drin die Blumen wie Kinder stehn,
und wir lächeln und lauschen und warten,
und wir fragen uns nicht, auf wen ...

Wilder Rosenbusch

Wie steht er da vor den Verdunkelungen
des Regenabends, jung und rein;
in seinen Ranken schenkend ausgeschwungen
und doch versunken in sein Rose-sein;

die flachen Blüten, da und dort schon offen,
jegliche ungewollt und ungepflegt:
so, von sich selbst unendlich übertroffen
und unbeschreiblich aus sich selbst erregt,

ruft er den Wandrer, der in abendlicher
Nachdenklichkeit den Weg vorüberkommt:
Oh sieh mich stehn, sieh her, was bin ich sicher
und unbeschützt und habe, was mir frommt.

Lehnen im Abendgarten beide

Lehnen im Abendgarten beide,
lauschen lange nach irgendwo.
„Du hast Hände wie weiße Seide ..."
Und da staunt sie: „Du sagst das so ..."

Etwas ist in den Garten getreten
und das Gitter hat nicht geknarrt,
und die Rosen in allen Beeten
beben vor seiner Gegenwart.

Die Nacht

Doch wart, du Blasser, bis zum nächsten Morgen
sollst du ein wenig König sein.
Ja, willst du? Wart, ich werde, wenn mir's glückt,
aus diesen Rosen dir die Krone schmieden.
Und sind sie nicht mehr frisch, gib dich zufrieden,
mein hoher Herr, du hast sie selbst zerdrückt ...
Und ihre Finger fügen jetzt geschickt
zu krausem Kranze Rose an um Rose,
auch welke Blätter sind hineingestickt.
Sie legt ihn auf das Haupt, das regungslose
aus leeren Augen ihr entgegenblickt,
dann klatscht sie in die Hände, lacht und nickt:
„Bravissimo, die echte Königspose!"

Schon kommt der Morgen nach den Scheiben zielen;
die ersten Speere stecken in den Dielen
hell, wie sie just durchs fahle Fenster fielen.
Und gegenüber schmilzt schon auf dem Dach
die Dämmerung. Da gähnt das Weib sich wach
und steckt das Kleid sich auf, das Gierde jach
ihr von der Schulter riss. Dann denkt sie nach
und friert und gähnt: „Willst du noch König spielen?"

Sie zerrt ihn auf und murmelt: „Toller Tropf,
willst du mit deiner Krone auf dem Kopf
bei Tage heut nach Haus spazieren gehn?"
Er starrt sie an und kann sie nicht verstehn.
Da streift sie ihm mit mürrischem Gebaren
den dürren Herbstkranz aus den schwarzen Haaren.
Er starrt sie an – und weint, wie von der Stirne
die letzte morgenwelke Rose fällt:
„Wir sind der ew'ge Erbfluch dieser Welt:
Der ewige Wahn ich – du die ewige Dirne." –

In einem fremden Park

Borgeby Gård

Zwei Wege sind's. Sie führen keinen hin.
Doch manchmal, in Gedanken, lässt der eine
dich weitergehn. Es ist, als gingst du fehl;
aber auf einmal bist du im Rondell
alleingelassen wieder mit dem Steine
und wieder auf ihm lesend: Freiherrin
Brite Sophie – und wieder mit dem Finger
abfühlend die zerfallne Jahreszahl –.
Warum wird dieses Finden nicht geringer?

Was zögerst du ganz wie zum ersten Mal
erwartungsvoll auf diesem Ulmenplatz,
der feucht und dunkel ist und niebetreten?
Und was verlockt dich für ein Gegensatz,
etwas zu suchen in den sonnigen Beeten,
als wär's der Name eines Rosenstocks?

Was stehst du oft? Was hören deine Ohren?
Und warum siehst du schließlich, wie verloren,
die Falter flimmern um den hohen Phlox.

Wilder Rosenbusch

Wie steht er da vor den Verdunkelungen
des Regenabends, jung und rein;
in seinen Ranken schenkend ausgeschwungen
und doch versunken in sein Rose-sein;

die flachen Blüten, da und dort schon offen,
jegliche ungewollt und ungepflegt:
so, von sich selbst unendlich übertroffen
und unbeschreiblich aus sich selbst erregt,

ruft er den Wandrer, der in abendlicher
Nachdenklichkeit den Weg vorüberkommt:
Oh sieh mich stehn, sieh her, was bin ich sicher
und unbeschützt und habe was mir frommt.

Die Rosenschale

Zornige sahst du flackern, sahst zwei Knaben
zu einem Etwas sich zusammenballen,
das Hass war und sich auf der Erde wälzte
wie ein von Bienen überfallnes Tier;
Schauspieler, aufgetürmte Übertreiber,
rasende Pferde, die zusammenbrachen,
den Blick wegwerfend, bläkend das Gebiss
als schälte sich der Schädel aus dem Maule.

Nun aber weißt du, wie sich das vergisst:
Denn vor dir steht die volle Rosenschale,
die unvergesslich ist und angefüllt
mit jenem Äußersten von Sein und Neigen,
Hinhalten, Niemals-Gebenkönnen, Dastehn,
das unser sein mag: Äußerstes auch uns.

Lautloses Leben, Aufgehn ohne Ende,
Raum-brauchen ohne Raum von jenem Raum
zu nehmen, den die Dinge rings verringern,
fast nicht Umrissen-sein wie Ausgespartes
und lauter Inneres, viel seltsam Zartes
und Sich-bescheinendes – bis an den Rand:
ist irgendetwas uns bekannt wie dies?

Und dann wie dies: dass ein Gefühl entsteht,
weil Blütenblätter Blütenblätter rühren?
Und dies: dass eins sich aufschlägt wie ein Lid,
und drunter liegen lauter Augenlider,
geschlossene, als ob sie, zehnfach schlafend,
zu dämpfen hätten eines Innern Sehkraft.
Und dies vor allem: dass durch diese Blätter
das Licht hindurch muss. Aus den tausend Himmeln
filtern sie langsam jenen Tropfen Dunkel,
in dessen Feuerschein das wirre Bündel
der Staubgefäße sich erregt und aufbäumt.

Und die Bewegung in den Rosen, sieh:
Gebärden von so kleinem Ausschlagswinkel,
dass sie unsichtbar blieben, liefen ihre
Strahlen nicht auseinander in das Weltall.

Sieh jene weiße, die sich selig aufschlug
und dasteht in den großen offnen Blättern
wie eine Venus aufrecht in der Muschel;
und die errötende, die wie verwirrt
nach einer kühlen sich hinüberwendet,
und wie die kühle fühllos sich zurückzieht,
und wie die kalte steht, in sich gehüllt,
unter den offenen die alles abtun.
Und *was* sie abtun, wie das leicht und schwer,

wie es ein Mantel, eine Last, ein Flügel
und eine Maske sein kann, je nach dem,
und *wie* sie's abtun: wie vor dem Geliebten.

Was können sie nicht sein: war jene gelbe,
die hohl und offen daliegt, nicht die Schale
von einer Frucht, darin dasselbe Gelb,
gesammelter, orangeröter, Saft war?
Und was für diese schon zu viel, das Aufgehn,
weil an der Luft ihr namenloses Rosa
den bittern Nachgeschmack des Lila annahm?
Und die batistene, ist sie kein Kleid,
in dem noch zart und atemwarm das Hemd steckt,
mit dem zugleich es abgeworfen wurde
im Morgenschatten an dem alten Waldbad?
Und diese hier, opalnes Porzellan,
zerbrechlich, eine flache Chinatasse
und angefüllt mit kleinen hellen Faltern, –
und jene da, die nichts enthält als sich.

Und sind nicht alle so, nur sich enthaltend,
wenn Sich-enthalten heißt: die Welt da draußen
und Wind und Regen und Geduld des Frühlings
und Schuld und Unruh und vermummtes Schicksal
und Dunkelheit der abendlichen Erde
bis auf der Wolken Wandel, Flucht und Anflug,
bis auf den vagen Einfluss ferner Sterne
in eine Handvoll Innres zu verwandeln.

Nun liegt es sorglos in den offnen Rosen.

Gehst du aussen Mauern entlang

Gehst du außen Mauern entlang,
kannst du die vielen Rosen nicht schauen
in dem fremden Gartengang;
aber in deinem tiefen Vertrauen
darfst du sie fühlen wie nahende Frauen.

Sicher schreiten sie zwei zu zwein,
und sie halten sich um die Hüften, –
und die roten singen allein;
und dann fallen mit ihren Düften
leise, leise die weißen ein ...

Ich geh jetzt immer den gleichen Pfad

Ich geh jetzt immer den gleichen Pfad:
am Garten entlang, wo die Rosen grad
Einem sich vorbereiten;
aber ich fühle: noch lang, noch lang
ist das alles nicht mein Empfang,
und ich muss ohne Dank und Klang
ihnen vorüberschreiten.

Ich bin nur der, der den Zug beginnt,
dem die Gaben nicht galten;
bis die kommen, die seliger sind,
lichte, stille Gestalten, –
werden sich alle Rosen im Wind
wie rote Fahnen entfalten.

Alles ist mir lieb

Alles ist mir lieb, die Sommersprossen
und die Spange, die den Ärmel schloss;
oh wie unerhört und unverflossen
blieb die Süßigkeit, drin nichts verdross.

Taumelnd stand ich, in mir hingerissen
von des eignen Herzens Überfluss,
in den kleinen Fingern halbzerbissen,
eine Blüte des Konvolvulus.

Oh wie will das Leben übersteigern,
was es damals, schon erblüht, beging,
als es von dem eigenen Verweigern
wie von Gartenmauern niederhing.

Die Stube mit den kühlen
Rosen an den vielen Vasen,
drinnen wir in rieten Stühlen
lehnten, leise Lieder lasen –
und mein Auge sehnte zag,

ist die einsame Kapelle,
welche Zuflucht mir bedeutet;
warten will ich an der Schwelle,
bis mir deine Stimme läutet
meinen Lebensfeiertag.

Königinnen seid ihr und reich

Königinnen seid ihr und reich.
Um die Lieder noch reicher
als blühende Bäume.

Nicht wahr, der Fremdling ist bleich?
Aber noch viel, viel bleicher
sind seine Lieblingsträume,
sind wie Rosen im Teich.

Das empfandet ihr gleich:
Königinnen seid ihr und reich.

Früher Apollo

Wie manches Mal durch das noch unbelaubte
Gezweig ein Morgen durchsieht, der schon ganz
im Frühling ist: so ist in seinem Haupte
nichts, was verhindern könnte, dass der Glanz

aller Gedichte uns fast tödlich träfe;
denn noch kein Schatten ist in seinem Schaun,
zu kühl für Lorbeer sind noch seine Schläfe,
und später erst wird aus den Augenbraun

hochstämmig sich der Rosengarten heben,
aus welchem Blätter, einzeln, ausgelöst
hintreiben werden auf des Mundes Beben,

der jetzt noch still ist, niegebraucht und blinkend
und nur mit seinem Lächeln etwas trinkend,
als würde ihm sein Singen eingeflößt.

Sommerabend

Die große Sonne ist versprüht,
der Sommerabend liegt im Fieber,
und seine heiße Wange glüht.
Jach seufzt er auf: „Ich möchte lieber ..."
Und wieder dann: „Ich bin so müd ..."

Die Büsche beten Litanein,
Glühwürmchen hängt, das regungslose,
dort wie ein ewiges Licht hinein;
und eine kleine weiße Rose
trägt einen roten Heiligenschein.

Die Fensterrose

Da drin: das träge Treten ihrer Tatzen
macht eine Stille, die dich fast verwirrt;
und wie dann plötzlich eine von den Katzen
den Blick an ihr, der hin und wieder irrt,

gewaltsam in ihr großes Auge nimmt, –
den Blick, der, wie von eines Wirbels Kreis
ergriffen, eine kleine Weile schwimmt
und dann versinkt und nichts mehr von sich weiß

wenn dieses Auge, welches scheinbar ruht,
sich auftut und zusammenschlägt mit Tosen
und ihn hineinreißt bis ins rote Blut –;

So griffen einstmals aus dem Dunkelsein
der Kathedralen große Fensterrosen
ein Herz und rissen es in Gott hinein.

Schneeball

Gestern hast du mir versprochen
Lieb und Treu zu jeder Frist.
Heute schon dein Wort gebrochen; –
wie veränderlich du bist!

Stiefmütterchen

Schließe stets dein Ohr und meide
die da schwatzen bös und schlecht.
Sei auf deiner Hut und scheide
streng den Irrtum von dem Recht.

Veilchen

Schlicht nur bist du stets gewesen,
unbedeutend oft und klein,
dennoch nimmt dein liebes Wesen
jeden, jeden für dich ein.

Vergissmeinnicht

Löschen dieses Lebens Gluten,
ich bleib dennoch frisch und jung;
denn ich wahre allen Guten
süßes Glück: Erinnerung!

Vigilien

Die falben Felder schlafen schon,
mein Herz nur wacht allein;
der Abend refft im Hafen schon
sein rotes Segel ein.

Traumselige Vigilie!
Jetzt wallt die Nacht durchs Land;
der Mond, die weiße Lilie,
blüht auf in ihrer Hand.

Weißdorn (Crataegus)

Wag es nimmer mich zu brechen,
bald schon hättest du's bereut –
denn, mein Freund, ich müsste stechen,
tät es mir auch noch so leid.

Winde

Nur der Schmeichler will dich schonen.
Wahrer Freund dir wahr stets spricht,
willst du's dankend ihm entlohnen,
dein Vertraun entzieh ihm nicht.